ERNEST RAYNAUD

LES
BUCOLIQUES

ET LA

COPA DE VIRGILE

INTERPRÉTÉES EN VERS FRANÇAIS

PRÉFACE DE FRÉDÉRIC PLESSIS

PARIS

LIBRAIRIE GARNIER FRÈRES

6, RUE DES SAINTS-PÈRES, 6

LES BUCOLIQUES

ET

LA COPA DE VIRGILE

ERNEST RAYNAUD

LES
BUCOLIQUES

ET LA

COPA DE VIRGILE

INTERPRÉTÉES EN VERS FRANÇAIS

PRÉFACE DE FRÉDÉRIC PLESSIS

PARIS

LIBRAIRIE GARNIER FRÈRES

6, RUE DES SAINTS-PÈRES, 6

A VENIZELOS

HÉROS ET CLARTÉ DE L'ATHÈNES NOUVELLE

DONT IL A ROUVERT LES GLORIEUSES DESTINÉES

ET A SON FIDÈLE COLLABORATEUR

POLITIS

AMI DES MUSES

JE DÉDIE HUMBLEMENT CETTE VERSION

D'UN OUVRAGE INSPIRÉ DE

THÉOCRITE

EN SOUVENIR DE LEURS ILLUSTRES COMPATRIOTES

ANDRÉ CHÉNIER ET JEAN MORÉAS

RESTAURATEURS DU LYRISME FRANÇAIS.

E. R.

PRÉFACE

*J'ai dit ailleurs mon sentiment sur les Bucoliques de
Virgile ; je ne vais pas récrire un chapitre de critique litté-
raire. La philologie ferait un lourd portail au bocage antique
et refleuri ; elle risquerait d'effrayer les visiteurs, « les pèlerins
de l'art », comme on disait jadis ; elle les préparerait mal au
délicat plaisir qui les attend à l'ombre des hêtres et des pins,
au bord des fontaines pieuses, parmi les accords de flûte
où se joue la fantaisie d'Ernest Raynaud. Je rappellerai
seulement quelques traits essentiels de la poésie virgilienne,
parce qu'ils expliquent justement pourquoi Raynaud nous
rend si bien l'âme du « divin poète » et la couleur de ses
Bucoliques ; comment, mieux qu'un autre, par ses dons et
sa formation d'esprit, par les caractères de son talent, il était
désigné pour nous faire goûter à nouveau le miel de Mantoue,*

2

le vin de ses vignes, pour nous ramener aux traces d'Amaryllis.

« *Ce n'est jamais pour les vrais bergers qu'on écrit les idylles.* » *Ainsi prononce Sainte-Beuve et, comme presque toujours, il a raison. Entendons bien que, sous des noms de pasteurs, Virgile met en scène les hommes de son temps et de son monde avec leurs souvenirs, leurs passions et leurs rêves. On fait donc fausse route à leur reprocher de n'être pas de vrais paysans, et j'ajoute qu'ils seraient beaucoup moins intéressants. Virgile a voulu faire et a fait tout autre chose que Théocrite ; les idylles du poète grec sont de petits tableaux, charmants et familiers ; les Bucoliques du poète latin s'élèvent jusqu'à la plus haute et la plus pure poésie, et ce n'est pas seulement dans la quatrième qu'il monte au ton consulaire ; œuvres d'actualité (ce qui ne veut pas dire de circonstance), et d'une actualité sentie par une des âmes les plus anxieuses et les plus belles qui aient jamais été, tristesses et rêves d'un grand cœur et d'une grande intelligence, peinture de la passion malheureuse, souci de la grandeur et de la paix romaines ; poésie d'allusion — non d'allégorie —, où la fiction et la réalité se pénètrent sans cesse, où l'intérêt politique s'imprègne de souvenirs, de sentiments intimes et privés ; et l'on ne saurait trop insister sur ce procédé virgilien, si reconnaissable dans les Géorgiques, encore plus dans l'Enéide, qui consiste à fondre le passé et le présent, l'actualité et la fable, les idées les plus largement humaines et les préoccupations civiques avec des sentiments tout personnels. Et cette matière de poésie riche et variée s'offre en des vers éloquents, dignes du sourcil sévère de Pollion et du goût suprême de Lycoris.*

Voilà aussi comment Virgile ne pouvait avoir un meilleur interprète de ses Bucoliques qu'Ernest Raynaud. Un des maîtres de cette Ecole romane éprise de tradition classique, le poète ingénieux du Signe, *du* Bocage, *de la* Couronne des jours, *des* Deux Allemagne, *associe dans ses vers la vision juste et l'amour de la nature à la science des passions humaines, à la connaissance « des hommes et des villes », comme il est dit d'Ulysse ; et ses vers, pleins de choses et d'art, il les a voulus et il les a faits d'une belle langue oratoire, bien latine ; et ainsi a-t-il mérité que les Muses sourient avec bienveillance à sa tentative docte et pieuse' et que l'Apollon romain en garantisse le succès.*

Musarum spondet chorus et Romanus Apollo.

FRÉDÉRIC PLESSIS.

A ERNEST RAYNAUD

Raynaud ! tu n'attends pas, ni le siècle n'attend
Que, d'une toque orné, paré de moire jaune,
Je vienne discourir de Daphnis ou de Faune,
La lèvre sérieuse et le geste important.

Virgile a-t-il besoin que je dore son trône ?
Et toi, que l'Arcadie et Phébus aiment tant,
Ton nom ne suffit-il, que s'en vont répétant
Les nymphes de la Seine aux naïades du Rhône ?

Qui donc s'étonnerait, n'ayant perdu l'esprit,
Que ta muse romane ouvre d'un pied facile
Mêmes chemins sous bois que celles de Sicile ?

Dès longtemps, Corydon de tes couplets s'éprit ;
Je l'entendis (j'étais caché derrière un hêtre)
Te dire : « Prends ma flûte à ton tour, et sois maître ! »

FRÉDÉRIC PLESSIS.

L'AMOUR DÉROBÉ

Amour, sans arc, ni carquois,
Allait par le trac d'un bois.
    « Mercure le voleur,
        Ou Mars le belliqueur,
        L'ivrogne Silenus
        Ou le cornu Faunus
Dérobé t'ont ? » lui dis-je. Et lui : « Que mie !
De RAYNAUD c'est la chalemie. »

*_**

Gentil RAYNAUD, nymphes, naïades et satyres
(Qui pour le rustre seul, ne hantent plus
Le cours de notre Seine et nos bois chevelus)
De tes roseaux dorés, lorsque tes lèvres tirent
Un chant harmonieux,
Disent, s'éjouissant entre eux :
« Salut, Dieu Pan, à la flûte pastorale,
Par qui l'île de France a renom de Ménale ! »

JEAN MORÉAS.

POURQUOI J'AI TRADUIT VIRGILE

La campagne ombragée de Spa est d'un pittoresque agréable. Je m'y arrêtai en juillet 1914, pour y attendre une lettre de Cologne où des amis m'avaient précédé et qui devait décider de mon passage en Allemagne. Cette lettre se faisant attendre, je dus prolonger mon séjour. Libre, seul et désœuvré, je n'avais pour occuper mes loisirs, qu'un livre, trouvé par hasard parmi la « mercerie » hétéroclite d'un marchand forain, un jour de marché, dans un village des environs. C'étaient les *Bucoliques* de Virgile. Le texte latin était accompagné en regard de la traduction versifiée du chevalier de Langeac. L'œuvre avait paru, en son temps, ornée de gravures d'Eisen et de Fragonard.

Je n'avais, là, qu'une édition postérieure, vulgaire, réduite au double texte et aux annotations de Michaud. Pour la plupart des hommes d'aujourd'hui, les *Bucoliques* n'éveillent guère que des souvenirs moroses, les heures d'ennui du collège. Il s'y mêle un arrière-goût de retenues et de pensums. C'est ma joie d'avoir su me dégager de cette mauvaise impression première et d'avoir rouvert mes classiques à l'âge où le baccalauréat conquis me donnait, comme à tant d'autres, licence de les oublier.

Le chevalier de Langeac, né en 1748, parvint à l'âge d'homme sous le ministère Choiseul. Sa traduction se ressent de son époque. On pourrait dire de lui ce que Voltaire disait de l'abbé Delille : « Cette vieille coquette a mis du rouge et des mouches à Virgile. » Nous ne sommes plus au Ménale ni sous les ombrages d'Arcadie, mais à Versailles et dans les bosquets de Trianon. Toutefois, cette forme désuète et maniérée, pleine de fausses élégances, flattait mon goût de vieilleries, de bibelots anciens et d'étoffes fanées. J'en pris connaissance sans déplaisir. Je ne pus m'empêcher de constater combien cette copie s'éloignait du modèle. A force de les comparer et de reporter le décalque sur l'original, je fus amené à souhaiter plus de précision, à émonder, à corriger, à me substituer au chevalier et à faire pour ainsi dire, sans y songer, œuvre de traducteur. Ce fut d'abord en guise de passe-temps, puis je me piquai au jeu et l'émulation me passionna. Je fuyais la ville. J'avais désappris

la lecture des journaux. Le paysage seul me requérait. Sitôt
levé, je gagnais, dans la montagne, un sentier bordé de mélèzes
et de sapins. Je m'asseyais sur un banc ou un quartier de
roche, près d'une source, et me mettais au travail sans autre
préoccupation que de l'emporter, par le tour et l'exactitude,
sur mon rival. Ainsi Damon luttait avec Alphésibée. Je n'am-
bitionnais de ces efforts d'autre récompense que celle de ma
conscience satisfaite. Quoi de plus passionnant que cette lutte
corps à corps avec le plus fuyant des textes, avec l'auteur le
plus déconcertant (je parle de Virgile), le plus tendu de pièges
et le plus riche en artifices de toutes sortes ? Je passais ainsi
mes journées, à l'étonnement des rares promeneurs et des
charretiers convoyeurs de chargements à l'adresse des villas
haut-perchées, et qui se demandaient quel charme pouvait
retenir si longtemps ce lecteur immobile et silencieux. Mes
yeux ne se levaient du livre que pour se reposer sur la campagne.
Ils allaient des vers du poète à l'enchantement du décor qui
les continuait. J'entendais le murmure égal de la source, le
bruissement des feuilles et des insectes, toute la respiration
mystérieuse des bois. Parfois un oiseau traversait ma lecture
comme une flèche. Je me reculais sous l'assaut brusque d'un
frelon guerrier. Une coccinelle s'abattait sur la page ouverte
et je l'aidais par un souffle à reprendre son vol. Oh ! les
heures délicieuses ! C'était un enchantement ; c'était comme
quand

> *on rêve et qu'on s'éveille*
> *Et que l'on se rendort et que l'on rêve encor*
> *De la même féerie et du même décor*
> *L'été, dans l'herbe, au bruit moiré d'un vol d'abeille.*

Ma verve, ainsi accélérée par la complicité de l'heure, j'allai vite en besogne. Au bout de quelques jours, j'avais déjà traduit de nombreux fragments que je notais, le soir, à mon retour, sur une table d'auberge, sans arrière-pensée d'en profiter autrement que comme un exercice d'école et un apprentissage de style.

Qui m'eût prédit alors que je publierais un jour ces essais n'eût rencontré chez moi qu'un sourire étonné. Je lui aurais objecté, d'abord, non pas seulement la défaveur que notre époque attache aux publications de ce genre, mais encore la difficulté de mener à bien une entreprise devant laquelle celui que l'on appelait de son vivant, le génie de la traduction : l'abbé Delille, avait reculé. Je lui aurais rappelé les épigrammes dont Sainte-Beuve criblait les traducteurs en vers d'Horace qui pullulaient au commencement du XIXe siècle. « C'est, disait-il, une douce maladie qui prend régulièrement un certain nombre d'hommes instruits, au retour d'âge. » J'aurais pu prendre pour moi cet avertissement. Comment m'avouer atteint de ce qu'il appelait encore « une légère infirmité morale » ?

Et puis, on sait (je l'ai tant de fois rappelé) ma conviction que les poètes sont intraduisibles et qu'ils perdent, à être translatés, ce qui fait tout leur prix : leur musique et leur scintillement.

Au début de la dernière semaine de juillet, je trouvai au bureau de poste, au lieu de la lettre de Cologne attendue, un télégramme de mon Administration m'ordonnant brusquement de rejoindre mon poste à Paris. Que se passait-il ? Je rouvris les journaux négligés. Ils n'étaient pleins que des débats du procès Caillaux-Calmette. Craignait-on à ce sujet des manifestations ? une émeute ? L'aspect de Spa pacifique, endormi dans sa robe de fleurs et de soleil, ne reflétait aucun sujet d'alarme. La ville était pavoisée depuis le 14 juillet, selon l'usage. Les drapeaux étaient restés pour la fête nationale belge, qui suit, à quelques jours. A la vérité, la saison manquait d'entrain. Peu d'étrangers, sinon une proportion inusitée d'Allemands, aux allures suspectes dont les indigènes eux-mêmes s'inquiétaient. On voyait s'installer dans la salle de jeux, autour des billards, de vilaines faces carrées, rougeaudes, coiffées du feutre verdâtre à plume et dont les yeux luisaient d'une flamme étrange. Quelques-uns semblaient satisfaits de leurs façons lourdes de maquignons, d'agents véreux. D'autres affichaient des prétentions à l'élégance, empaquetés de drap marron, portant un col mou largement échancré sur la poitrine nue, mode dont ils se glorifiaient alors mais tous avaient la

même expression louche et sournoise, et sans doute le malaise
que dégageait leur présence n'était pas étranger au sentiment
qui m'avait éloigné du Casino. Toutefois cela n'avait pas suffi
à me faire augurer de la catastrophe prochaine. Obéissant à
mon ordre de rappel, je gagnai précipitamment Bruxelles,
pour, de là, rejoindre Paris comme m'y obligeait ma carte de
circulation. A l'arrêt de Pépinster où la ligne bifurque, régnait
une fièvre insolite de trains bondés, filant à toute vapeur vers
la frontière allemande. Une sorte de défi sifflait dans l'air.
Pourtant le Président de la République était en tournée de
visite chez les souverains amis, l'empereur allemand était en
croisière. Ces hauts personnages n'avaient dû s'absenter qu'à
bon escient. La panique de la Bourse, même, n'arrivait pas à
m'inquiéter outre mesure. Oui, je savais la guerre inévitable
un jour mais quoi ? si près ? tout de suite ? A peine avais-je
remis les pieds dans Bruxelles que la stupeur de la ville me
frappa, stupeur d'autant plus saisissante que la ville était,
comme Spa, pour les mêmes raisons, pavoisée de tous ses drapeaux et que c'était jour de fête. Le lord-maire de Londres
rendait visite aux échevins bruxellois. Il était logé à l'hôtel
Métropole. Au moment où j'arrivai, boulevard Anspach, à la
hauteur de cet établissement, j'assistai à sa montée en carrosse
et au départ du cortège de gala pour le banquet qui avait lieu,
le soir même, à l'hôtel de ville. Carrosses armoriés, valets pou-
drés, police à cheval, en grande tenue. C'était au crépus-

cule. Rien d'allumé encore. Les rues étaient vides. Ce départ, dans l'ombre qui venait, avait quelque chose d'affligeant. Un accident heureusement sans gravité, un policier à cheval désarçonné, vite remis en selle, vint gâter encore l'effet du cérémonial. Je ne savais rien. D'autres savaient. Je m'explique aujourd'hui l'air soucieux qui plissait le front de certains personnages officiels. Où était le peuple ? Où était l'armée ? On eût dit que le malheur pesait déjà sur la Belgique. A la brasserie des Trois-Suisses où j'allai dîner, près du Théâtre Royal, je commençai à prendre conscience de la tension des esprits. Elle me fut révélée par la fièvre avec laquelle les consommateurs dévalisèrent, en un clin d'œil. de sa marchandise un colporteur de journaux qui entrait. Un silence impressionnant s'ensuivit, interrompant le brouhaha coutumier, le bruit des conversations et des jeux. Le garçon qui me servait, malgré mes réclamations d'autant plus vives que j'étais pressé par l'heure, ne daigna revenir à moi qu'après avoir pris le temps de parcourir les quatre pages de son quotidien. Il s'excusa, par la suite, me disant qu'il avait tenu à s'assurer « s'il n'y avait encore *rien* ». A l'émotion de sa voix je compris et je sentis s'accroître mes appréhensions. Pour me rendre à la gare du Midi, je traversai les illuminations désertes. C'était lugubre. A Paris, j'eus le sentiment immédiat de la catastrophe. Le Président rentrait d'urgence. Bientôt c'était, sur tous les murs, l'ordre de mobilisation affiché, ordre qui ne laissait plus d'espoir, malgré la fameuse réticence « la mobilisation n'est pas la guerre ». Ainsi les premiers grondements de l'orage, le premier coup de tonerre m'avait surpris en pleine quiétude, oisif, à l'ombre *lentus in umbra*, mon Virgile à la main.

*
* *

Il fut vite remisé. J'avais changé d'âme en reprenant la direction de mes services. Tant d'obligations pressantes s'imposaient que j'eusse considéré comme une inconvenance, sinon comme un crime de lèse-patrie, de leur soustraire ne fût-ce qu'une minute de mon activité. Le sentiment de ma responsabilité me gardait de toute velléité de rêverie. Pourtant, mon travail de traducteur avait été entrepris avec tant de conviction, qu'il avait pénétré toutes les forces de mon être et qu'il s'y poursuivait, dans l'ombre, à mon insu. Ainsi, le noyau d'un fruit, négligemment jeté, trouve terre et prend racine à l'improviste. Ainsi encore, le geste d'un fumeur distrait allume, derrière lui, un brasier sans qu'il y songe. Au milieu du surmenage que les circonstances m'imposaient et que j'acceptais si volontiers, je m'étonnais de voir s'offrir à moi, comme une trouvaille que le pied heurte tout à coup, dans la rue, par mégarde, un vers, une expression de Virgile en même temps que, pour le traduire, me venait l'équivalent français, jadis, en vain, cherché. Quoique je fisse pour m'en défendre, cela revenait, par intervalles, comme une obsession. Le spectacle affolé que j'avais sous les yeux me remettait en mémoire le départ de Mélibée pour l'exil. Je m'assimilais au vieux Méris de qui la guerre avait cassé la voix. Comme lui je m'obstinais à répondre aux sollicitations de la Muse :

> *Desine plura... Quod nunc instat agamus !*

Mon bureau retentissait des larmes, du cri d'appel et de secours des réfugiés. Mon logis, même, voyait affluer, des Ardennes envahies, des familles dispersées, des parents, des amis, se lamentant de leurs récoltes perdues :

> *Impius hæc tam culta novalia miles habebit*
> *Barbarus has segetes !*

Je n'avais, comme le vieux Tityre, d'autre ressource que de partager avec eux ma table frugale :

> *Sunt nobis mitia poma*
> *Castaneæ molles et pressi copia lactis.*

Il m'advint d'assister, aux portes de Paris, sur les routes, à l'exode, au lamentable défilé des populations arrachées à leur sol, chassées par l'ennemi, emportant ce qu'elles pouvaient de leurs troupeaux et de leurs hardes. Je voyais des faces pâles, douloureuses, épuisées, anéanties de fatigue et de terreur. Je retrouvais encore Virgile dans ce cri de détresse :

Nos patriam fugimus !

emplissant l'horizon et c'est Virgile qui renforçait mon indignation, chaque fois que se révélait la férocité du soudard allemand :

Heu ! cadit in quemquam tantum scelus !

***

Il y a donc une fatalité pour les livres. Les *Bucoliques*, nées dans les alarmes (*usque adeo turbatur agris*), dans le déchirement des cœurs, me hantaient au moment où se déchaînait la plus atroce des guerres. Je ne pouvais m'empêcher de constater que chaque fois que leur était venu un regain d'actualité, c'était dans les époques troublées. Ces idylles écrites, *tela inter Martia*, semblaient amener chaque fois, avec elles, le bruit des armes. J'ai donné la genèse de ma traduction. Il reste à me justifier de sa publication.

J'avais repris mes essais après nos premières victoires quand, délivrés de l'angoisse, il nous fut permis d'envisager l'avenir avec confiance. L'air était devenu respirable. Mon premier souci fut de prendre connaissance des travaux de mes prédécesseurs à titre de comparaison, pensant y trouver quelque indication utile. Je fus vite détrompé. La plupart ne sont que des versificateurs maladroits qui, bien loin de rendre l'image de Virgile, n'en donnent que la caricature. Si quelques-uns ont leur mérite, aucun ne semble s'être soucié de joindre la fidélité du rendu à l'agrément de la lecture. Aucun ne me parut en état de faciliter la tâche du lecteur ignorant ou mal instruit du latin, qui serait tenté de se renseigner sur la valeur de Virgile et d'en prendre mesure à travers leur traduction. Or n'est-ce pas là le but unique du traducteur? Ceux qui savent écrire s'écartent trop du texte et égarent le profane. Les autres, préoccupés du servile mot à mot sont d'une lecture fastidieuse et le rebutent. C'est pour combler cette lacune que je me suis décidé à terminer mes essais et à les publier. Mon ambition était de mettre Virgile à la portée du plus grand nombre. J'avertis pourtant que ma traduction pourra paraître fade à certains, habitués à une littérature plus épicée. Je me suis soigneusement gardé de cet excès de pittoresque et de couleur, de ce bariolage de style si fort à la mode en ces temps-ci et qui est la suprême ressource des littératures épuisées. C'eût été un contre-sens que de vernisser le pur marbre antique

> *A quatre épaisseurs d'encaustique,*
> *Du plus barbare des éclats.*

Il faut que la lecture de Virgile reste une leçon de goût. Je me suis ingénié à lui laisser sa strophe ample, son trait sobre, ses demi-teintes et jusqu'à son parfum d'archaïsme. Faut-il répéter que cette traduction ne saurait s'adresser aux latinistes qui sont en possession de savourer les beautés du texte original ? C'est chez les illettrés de bonne volonté qu'elle voudrait faire pénétrer ne fût-ce qu'un mince rayon de la grâce virgilienne, et leur en faire sentir le prix. Si même elle amenait un aspirant bachelier à se pencher avec plus de ferveur sur le texte latin, si elle pouvait décider un transfuge des études classiques à y revenir, j'estimerais mon but rempli et la récompense de mes efforts suffisante. Si, malgré tant de précautions, je dois échouer dans mon entreprise

> *Qu'on dise il osa trop mais l'audace était belle*

et c'est sans amertume que je laisserais à d'autres le soin de la reprendre avec plus de bonheur.

Marot, qui le premier avait tenté de les introduire dans notre langue, fut empêché d'aller au delà de la première églogue par la nécessité de suivre Louis XII dans l'expédition de Gênes.

Au moment où Ronsard s'enrichissait de leur dépouille, la France assistait à la ruée de la horde pillarde allemande qui

> *Brigandant, effrayait le pays champenois*

et « osait menacer notre grande cité », éternel retour des choses d'ici-bas. Relisez le tableau que trace Ronsard de cette invasion et dites s'il ne vous semble pas écrit d'aujourd'hui :

> *Il n'y avait montagne ou pendante vallée*
> *Ou forêt, tant soit-elle à l'écart reculée,*
> *Ou rocher si secret qui ne sentît la main*
> *Et la barbare voix de l'avare Germain.*

C'est quand la France entière frémissait du désastre de la Pologne et que nos armées franchissaient les Alpes et le Rhin que Gresset écrivait sa traduction en 1734.

Quand André Chénier s'inspirait de Virgile, quand Léonard, le doux créole, l'imitait, une douleur sourde agitait les entrailles du monde. Le *Novus rerum nascitur ordo* reprenait toute sa valeur prophétique et sa réalité saisissante. En 1793, en pleine Terreur, parut chez Girod, rue de La Harpe, une traduction en vers, sans nom d'auteur, des *Bucoliques* qui les remit en vogue. On s'en entretenait dans les prisons, autour de Chénier et de Roucher. Le bruit de la guillotine en scandait les strophes. Les roulements de tambour de Santerre n'arrivaient pas à en étouffer les échos. Plus d'un condamné d'élite, mené à la mort sur la charrette fatale, se murmurait encore les vers du poète et pouvait crier à la populace, la tête sous le couperet :

> *Extremum hoc munus morientis habeto !*

Aussi bien, l'époque révolutionnaire fut l'âge d'or des traductions en vers de Virgile. Cet âge où officiait Fouquier-Tinville, couronné de roses sanglantes, fut intarissable en gazouillements.

Il en fut de même pendant les guerres de l'Empire. C'est au bruit du canon, dans les tristesses de l'invasion, que furent écrites les traductions de Tissot, de Millevoye, de Duchemin et de Maizony de Lauréal qui ne furent publiées que beaucoup plus tard. Celle de Didot avait paru en 1806.

Ce fut en 1870, au temps de nos désastres, que fut établie la version d'Hector de Saint-Maur. Celle de M. André Lefèvre fut commencée quand Paris brûlait, incendié par les révoltés de la Commune.

Je ne faisais donc que perpétuer la tradition, sans m'en douter (1).

Janvier 1915. ERNEST RAYNAUD.

----

(1) Oui, à chaque crise sociale, correspond un renouveau de ferveur virgilienne. C'est une conséquence du malaise de l'heure qui fait qu'actuellement le nom du poète revient partout dans les journaux, dans les revues, dans les salles de conférences et qu'une belle émulation pousse les critiques à commenter ses œuvres. Je signalerai notamment l'étude fort remarquée que vient de lui consacrer M. André Bellessort et voici qu'au moment même où je corrige ces épreuves, paraît en librairie une traduction en vers des *Bucoliques* de M. Gaston ARMELIN qui se recommande par son souci d'exactitude et sans doute, écrite comme la mienne, au bruit des détonations de la « grosse Bertha ».

I

TITYRE

MÉLIBÉE

Quoi ? Tityre, allongé dans l'herbe, au frais des bois,
Tu cherches sur ta flûte un refrain villageois.
Nous, chassés du domaine hérité de nos pères,
Nous quittons la Patrie aux empreintes si chères,
Tityre ! on nous exile et tu n'as de soucis
Que d'apprendre aux échos le nom d'Amaryllis.

TITYRE

O Mélibée, un dieu m'en a donné licence.
Son autel — c'est un dieu, te dis-je ! — en récompense
Boira le sang fréquent d'un agneau nouveau-né.
Par lui circule en paix mon bétail fortuné,
Et c'est lui qui permet que je chante à ma guise.

MÉLIBÉE

Je n'en suis pas jaloux mais conçois ma surprise.
Tout s'émeut. Vois ! je pousse, épuisé, les débris
De mon troupeau, parmi le tumulte et les cris.
La chèvre que je tire et qui boîte en arrière
Vient d'avorter de deux jumeaux sur une pierre.
Je n'espérais qu'en elle. Ah ! quand cet oiseau noir
Croassait à ma gauche et quand la foudre, un soir,
A frappé mes ormeaux, c'était pour le prédire.
Mais, à propos, ce dieu quel est son nom, Tityre ?

TITYRE

Sot ! j'assimilais Rome, avant de l'approcher,
A la ville où se fait le trafic maraîcher.
C'était, dans mon idée, un plus vaste village ;
Ainsi, chèvre et chevreaux ont le même visage,
La simple différence est du petit au grand.
Jusqu'où va la candeur d'un pauvre homme ignorant !
Rome, sur nos hameaux, déploie un front superbe
Autant qu'un chêne altier se distingue de l'herbe.

MÉLIBÉE

Qu'espérais-tu de Rome et d'un si long chemin ?

TITYRE

La liberté ! Bien tard elle est venue, enfin,
Le jour qu'Amaryllis — j'en fais l'aveu sans peine —
Supplantant Galatée, a dénoué ma chaîne ;
Elle est venue avec mes premiers cheveux blancs.
Oui, tant que Galatée avait mes vœux tremblants,

Je traînais une vie indigente et servile,
Tous mes agneaux prenaient le chemin de la ville,
J'avais beau pressurer le laitage à foison,
Il ne rentrait jamais un sou dans la maison.

MÉLIBÉE

Je m'explique à présent Galatée oppressée,
Ses larmes, sa récolte aux pommiers délaissée.
Tityre était parti. L'eau, l'arbre et son reflet,
Tityre ! c'était toi qu'ici tout rappelait.

TITYRE

Et quel autre moyen de m'affranchir, en somme ?
Où pouvais-je espérer trouver ailleurs qu'à Rome
Une auguste présence, un tutélaire appui ?
Là, j'ai vu, rayonnant de jeunesse, Celui
Que je t'ai dit : le dieu qui, douze fois l'année,
Recevra de mes mains l'offrande destinée.
Je tombe à ses genoux, mais lui, me relevant,
« Va ! que ton bétail croisse en paix dorénavant ! »

MÉLIBÉE

Heureux vieillard ! du moins ta part de bien te reste.

Il suffit à tes vœux ce petit coin modeste,

Bien qu'ensablé par place, et rongé par les eaux,

Çà et là, d'un marais obstrué de roseaux.

Tes troupeaux n'iront pas, chassés à l'aventure,

Ni se mésallier ni brouter l'herbe impure.

Heureux vieillard ! au bruit de tes sources, l'été,

Tu cueilleras des bois la fraîche obscurité ;

Les guêpes, picotant la clôture fleurie,

De leur bourdon, sauront t'induire en rêverie,

Et tandis que, d'un creux de roche, aux environs,

Te parviendra le chant joyeux des bûcherons,

Les ramiers chers, à qui tu dispenses la graine,

Fileront aux ormeaux leur plainte aérienne.

TITYRE

Aussi, l'on verra paître aux nuages de l'air,

Les cerfs et vivre à sec les poissons de la mer,

La Saône déroutée ira chercher l'Euphrate,
Quand il s'effacera de ma poitrine ingrate.

MÉLIBÉE

Mais nous, dont la détresse emplira les chemins,
Nous irons, les uns, cuire aux sables Africains,
Forcer l'hiver du Scythe ou les torrents de Crète ;
D'autres, battus des flots, poursuivront leur retraite
Jusque chez les Bretons, du monde séparés.
Te reverrai-je un jour, parmi les champs dorés,
Poindre, humble toit de chaume où les dieux m'ont fait
Ce qui fut mon domaine un autre en sera maître,   [naître ?
Un sauvage, un impie aura la liberté
De mettre la faucille au blé que j'ai planté.
Voilà le triste fruit des discordes civiles ! (1)
Va ! pioche, Mélibée ! use tes soins fébriles,
Sue à mettre en valeur ta vigne et ton verger
Pour l'unique profit d'un soudard étranger !

(1) Vers « né-traduit » que l'on reconnaîtra au passage et qu'il m'était
difficile de ne pas recueillir.

Et vous, chèvres, allez, troupeau jadis prospère,
Voici venir les jours d'épreuve et de misère,
D'un abri verdoyant, je ne vous verrai plus,
Rêveur, pendre à la roche ou grimper aux talus.
N'espérez plus de moi que mon chant vous conduise
Brouter le saule amer et la fleur du cytise.
Où prendrais-je le cœur de chanter aujourd'hui ?

TITYRE

Demeure, ici, du moins pour y passer la nuit
Sur un lit de joncs frais ; nous avons en partage
Des châtaignes, des fruits, un copieux laitage.
Déjà fument les toits de chaume des hameaux.
Et l'ombre, en dévallant, s'allonge des coteaux.

II

CORYDON

Le berger Corydon, sans espoir de retour,
Brûlait pour Alexis, frère éclatant du jour ;
Désespéré qu'un maître ait sur lui l'avantage,
Il errait dans les bois, solitaire et sauvage,
Et sa bouche, en désordre, infatigablement,
Excédait les échos du bruit de son tourment.

« A dire ta louange, en vain, je m'évertue,

Inexorable enfant, ta cruauté me tue ;

Ni mes chants ni l'excès cuisant de ma douleur,

Rien n'a pu, jusqu'ici, me conduire à ton cœur.

C'est l'heure où le bétail accablé cherche l'ombre,

Le lézard a rejoint sa pierre humide et sombre,

Le faneur, à l'abri, se désaltère et prend

Réconfort d'un pain bis frotté d'ail odorant.

Moi, je te cherche au feu des routes estivales,

Où plus rien n'est vivant que le cri des cigales.

Qui m'eût prédit qu'un jour je vous regretterais,

Jalouse Amaryllis, Ménalque aux noirs attraits ?

Oui, noirs ; toi ! sois moins vain de ta blanche figure,

Si le gui se néglige on recueille la mûre.

Qui je suis ? peu t'importe et tu ne cherches point

Jusqu'où va le domaine où je commande au loin.

Mille brebis, errant aux pentes de Sicile,

Me font riche du lait que je porte à la ville.

J'ai retenu les chants d'Amphion, dont on sait

Que l'Aracinthe, au temps jadis, s'éblouissait.

Va ! je vaux bien Daphnis si j'en crois cette image
Qu'hier me renvoyaient les flaques du rivage !
Puisse un jour t'agréer mon simple et fruste abri.
Viens ! si je n'ai qu'un toit de chaume, il est fleuri.
L'amour l'embellira de sa riche présence ;
Le lait, même l'hiver, y coule en abondance ;
Nous chasserons ensemble et déjà je te voi
Pousser, de la houlette, un troupeau devant toi...
A l'exemple de Pan, qui daigna nous instruire
A joindre sept tuyaux divers d'un trait de cire
(Tant sa sollicitude est acquise au pasteur),
Au silence des nuits, nous chanterons en chœur.
J'exercerai ta lèvre à la flûte étagée,
Sans que sa ligne pure en soit endommagée.
Mes leçons ne sont pas chose à mettre en mépris,
Interroge Amyntas ! il en connaît le prix.
Damète m'a légué sa flûte illustre « Signe,
Me dit-il, en mourant, que j'en étais seul digne »
Et je vis Amyntas en pâlir de dépit.
J'ai deux petits chamois, parés d'un riche habit

Moucheté, dérobés au péril de ma vie ;

Ils épuisent leur chèvre. Eglé s'en meurt d'envie.

Faudra-t-il, si ton cœur me demeure obstiné,

Qu'elle hérite d'un bien que je t'ai destiné ?

Viens ! Le village en fête implore ta venue,

Les nymphes de nos champs, la gorge demi-nue,

Tiennent leurs bras chargés de frais paniers de fleurs.

Naîs, la plus experte à trier les couleurs,

Te prépare, d'œillets, de roses, de jacinthe

Et de blanche aubépine une guirlande peinte.

J'y veux joindre des fruits : le coing couleur de miel,

L'abricot velouté, la prune où rit le ciel,

Et dont Amaryllis se montrait si friande.

Le prix de ton sourire enrichira l'offrande,

Et je te sacrerai le myrte et les lauriers,

Puisque c'est leur destin que d'être mariés.

Ah ! pauvre Corydon ! comme Alexis doit rire !

Penses-tu que si peu suffise à le séduire,

Et décide son maître à renoncer à lui ?
C'est l'or qui force un cœur à se rendre aujourd'hui.
Qu'ai-je dit ? J'ai lâché l'ouragan sur la plaine,
Et déchaîné la vase au sein de la fontaine.
Alexis des forêts méprise le séjour,
Mais Pâris y logeait, Diane y tient sa cour.
Si Pallas, qui les fit, se plaît au bruit des villes,
Que vivre est préférable au fond des bois tranquilles !
Le tigre vole au loup, le loup à la brebis,
Et la chèvre au cytise, et, moi, c'est Alexis
Qui m'attire. A chacun sa pente inévitable !
Vois ! délivré du joug, le bœuf rentre à l'étable,
Et l'ombre, en s'allongeant, dit le déclin du jour,
La paix des monts descend aux plaines d'alentour,
Et moi seul, sans relâche, errant à l'aventure,
Inguérissable amour ! je traîne ta blessure.
Rentre en toi-même enfin, Corydon ! Corydon !
Vois décroître à tes pieds ta vigne à l'abandon,
Tresse en paniers urgents tes minces joncs flexibles,
Oublie ! Il est ailleurs des cœurs moins insensibles! »

III

PALÉMON

A qui sont ces brebis, Damète, à Mélibée ?

DAMÈTE

Non ! C'est Égon le maître, Égon que je supplée.
Ce n'est que depuis peu que j'en prends soin pour lui.

MÉNALQUE

Tu parles d'une guigne alors qui les poursuit !
Pauvre troupeau ! tandis que le maître s'occupe
Ailleurs et perd son temps chez Églé qui le dupe,
Un mercenaire ingrat l'épuise à son profit,
Le trait deux fois par heure, et de jour et de nuit,
Et laisse les agneaux bêler sans nourriture.

DAMÈTE

Je suis l'aîné. Garde avec moi plus de mesure.
On sait comment, dans quelle enceinte aux coins déserts...
J'en dis assez... les boucs te lorgnaient de travers,
Toi, des filles du lieu la fable et la risée.

MÉNALQUE

Et la vigne à Micon ?... Sait-on la main rusée
Qui vint dans l'ombre, un soir, en froisser les bourgeons ?

DAMÈTE

L'arc offert à Daphnis et sa flûte de joncs,
Par dépit, à l'écart, on t'a vu les détruire ;
Va ! Tu mourrais plutôt que de cesser de nuire.

MÉNALQUE

Écoutez-moi parler ce faquin de valet !
Mais ne t'ai-je pas vu, misérable, en secret
Enlever à Damon sa chèvre, la doyenne
De la troupe, aux abois furieux de sa chienne,
Et, lorsque j'eus sonné l'alerte aux chevriers,
Te perdre à la faveur d'un bois de coudriers ?

DAMÈTE

Apprends que cette chèvre était mienne et le gage
D'une lutte où ma flûte avait pris l'avantage.
Damon en fit l'aveu. Demande-lui pourquoi
Il me la refusait en dépit de mon droit.

MÉNALQUE

Toi vainqueur ! As-tu même une flûte complète ?
On connaît le sifflet dont tu nous romps la tête
Et qui met, dans la rue, en fuite le passant.

DAMÈTE

Si c'est un défi, soit ! Je l'accepte à l'instant.
Regarde cette vache ; elle en vaut bien la peine :
Elle nourrit deux veaux de sa mamelle pleine ;
Je la gage ! A ton tour, dispose d'un enjeu !

MÉNALQUE

Je ne puis disposer du bétail à mon vœu :
Mon père, une marâtre, âpre, avare, acharnée,
En font deux fois le compte au cours de la journée.
Mais, pour répondre au plus impudent des défis,
J'offre deux gobelets de racine de buis,
Œuvre d'Alcimédon. Sa main souple et légère
Y fait courir le pampre entremêlé de lierre,

Et nous y représente à côté de Conon,
Cet illustre savant... (rappelle-moi son nom !)
Qui du monde, au compas, reproduisant l'image,
Nous apprit à régler sur le ciel notre ouvrage,
Et, du temps des labours à celui des moissons,
A dressé l'almanach régulier des saisons.
Je les garde sous clef et n'ose en faire usage.

DAMÈTE

Du même Alcimédon je tiens deux gobelets ;
L'acanthe, en forme d'anse, y courbe son feuillage ;
Au centre, l'ouvrier a dessiné les traits
D'Orphée, avec sa lyre entraînant les forêts.
Je les garde sous clef et n'ose en faire usage.
Mais auprès de ma vache ils perdent tout leur prix.

MÉNALQUE

Tu l'exiges ! hé bien soit, à ton vœu je souscris.
Vienne un juge, entre nous, qui tienne la balance.

Voici précisément Palémon qui s'avance ;
Je vais t'ôter le goût de provoquer les gens !

DAMÈTE

Crois-tu me faire peur ? Prends ta flûte. Il est temps ;
Toi, voisin Palémon, assieds-toi sur la rive,
Et prête-nous (c'est grave) une oreille attentive.

PALÉMON

Chantez ! puisque la terre étale un lit de fleurs ;
Chantez ! puisque tout germe aux premières chaleurs,
Que des bois reverdis la feuillée étincelle,
Et que c'est l'heure où la nature est la plus belle.
A vos chants alternés la Muse sourira.
Toi, commence, Damète, et Ménalque suivra.

DAMÈTE

Muse, invoquons d'abord l'auteur de toute chose,
Jupiter ! Il se plaît aux vers que je compose.

MÉNALQUE

Gloire à Phœbus ! Je mêle à ses lauriers la fleur
Qui du sang d'Hyacinthe a gardé la couleur.

DAMÈTE

Galatée, en fuyant sous les saules, s'efforce
D'être vue et me jette une pomme en amorce.

MÉNALQUE

Amyntas s'offre à moi librement et mon chien
Lui fait joyeuse fête à chaque fois qu'il vient.

DAMÈTE

Je garde une surprise à la reine des belles,
J'ai découvert où gite un nid de tourterelles.

MÉNALQUE

J'envoie à mon ami dix pommes de carmin ;
C'est peu. J'en veux lui faire un autre envoi demain.

DAMÈTE

O zéphyrs ! qu'une part aux dieux soit rapportée
Des mots délicieux que m'a dits Galatée !

MÉNALQUE

Pourquoi t'en aller seul, si je ne te déplais,
Traquer le fauve, ami, quand je reste aux filets ?

DAMÈTE

Phyllis vienne à ma fête ! Iollas, en échange
Nous ferons sacrifice ensemble à la vendange !

MÉNALQUE

Hylas ! que ta Phyllis m'émut en larme, au soir
De nos adieux, criant : « Beau Ménalque, au revoir ! »

DAMÈTE

Le mouton craint le loup, le blé de mai la grêle ;
L'humeur d'Amaryllis m'est encor plus cruelle.

MÉNALQUE

La chèvre aime le thym, l'eau réjouit le val,
Et moi, c'est d'Amyntas que je fais mon régal.

DAMÈTE

Muse, puisqu'à mes chants Pollion s'intéresse,
Favorisez ce veau qui tette à son adresse !

MÉNALQUE

A son génie offrez ce taureau déjà prompt
Qui disperse le sable et s'escrime du front !

DAMÈTE

Qui t'aime, ô Pollion, aille l'âme ravie,
Qu'il trouve un goût de miel et de rose à la vie !

MÉNALQUE

Qui vous loue, ô Bavie, ô Mève, au chant criard,
S'emploie à traire un bouc et harnache un renard !

DAMÈTE

Vous qui cueillez la fraise, évitez la vipère
Glacée et son venin caché sous la fougère.

MÉNALQUE

Gare à ces bords, brebis ! la terre y cède au pied,
Témoin ce bouc penaud qui sèche un poil mouillé.

DAMÈTE

Tiens les chèvres, Tityre, en retrait de ce fleuve ;
C'est assez qu'au retour le ruisseau les abreuve.

MÉNALQUE

L'air brûle, enfants, mettez votre troupe à l'abri
Ou vous ne presserez des doigts qu'un pis tari.

DAMÈTE

Mon taureau se dessèche au meilleur pâturage,
Sur son maître et sur lui l'amour fait son ouvrage.

MÉNALQUE

L'amour n'a rien à voir au mal de mes agneaux ;
C'est un sort. Ils n'ont plus que la peau sur les os.

DAMÈTE

Je t'avoue Apollon si tu me dis la place
Où le ciel se resserre en quatre pieds d'espace.

MÉNALQUE

Je te cède Phyllis si tu me dis l'endroit
De la terre où les fleurs portent le nom d'un roi.

PALÉMON

Je ne puis entre vous proclamer la victoire,
Tous deux la méritez comme qui, de mémoire,
Sait retracer d'amour la joie et le tourment.
Fermez l'écluse, l'herbe a bu suffisamment.

IV

POLLION

O Muses de Sicile, enflons un peu la voix !
La vie humble des champs peut paraître grossière ;
Si nous voulons qu'un prince aux bois se puisse plaire,
D'un style à son image ennoblissons les bois.
La Sibylle a parlé. Le vieux monde chancelle.
L'oracle s'accomplit. Un grand siècle prend jour.
Saturne, avec la vierge Astrée, est de retour.

Je vois du ciel descendre une race nouvelle.

Le Messie annoncé, sur ce siècle de fer,

Vient rouvrir l'âge d'or : accueille sa naissance

(Puisqu'ici déjà règne Apollon, qui t'es cher),

Lucine ! et prête-lui ta divine assistance.

Et toi, grand Pollion, rends grâce à ton destin ;

C'est sous ton consulat que ce cortège à naître

De mois resplendissants va se mettre en chemin.

Rome, aujourd'hui, respire, à qui tu fais paraître

Que s'il se trame encore un reste de forfaits,

Ta bonté vigilante en détruit les effets.

Cet enfant, descendu des régions vermeilles,

Porte la source en lui des plus rares exploits.

Son geste héréditaire emplira de merveilles

Un monde à qui son père a su dicter ses lois.

Ses yeux s'ouvrent à peine et déjà la nature

Mêlant la colocase et l'acanthe aux couleurs

De la rose et des lys prodigués sans culture,

Épuise sur sa couche un miracle de fleurs.

Les pis rentrent gonflés au soir de la journée ;

Le loup avec l'agneau fraternise en ses jeux ;
Plus de venin rampant ni d'herbe empoisonnée,
L'amôme syrien prend racine en tous lieux.
Lorsqu'au sortir d'enfance il verra, dans l'histoire,
Les fastes de sa race, à chaque page, inscrits,
Lorsque allumé de gloire il connaîtra le prix
De la louange, alors d'un bout du territoire
A l'autre, à vagues d'or ondoieront les épis ;
Le raisin noircira sur l'épine sauvage,
La rosée et la manne abonderont du ciel.
Il ne sera de chêne, assez durci par l'âge,
Qui soudain ne s'emploie à se dissoudre en miel.
Sans doute, il nous faudra flanquer de tours nos villes,
Encore, en souvenir d'un usage pervers ;
La soif du lucre ira s'exposer sur les mers,
Et la charrue encore éventrera l'argile.
Sous un autre Typhis, une équipe de choix,
Du vieux navire Argo reprendra l'Aventure,
Les armes parleront encore par endroits ;
Un autre Achille à Troie ira jeter l'injure ;

Mais, à l'âge arrêté de sa mûre saison,
L'océan sera libre et l'avarice errante,
Du coup, déposera la voile et l'aviron.
A tous se donnera la terre exubérante ;
Le cep s'affranchira du fer injurieux ;
La herse cessera de raboter la plaine,
Et le maître en chantant détellera ses bœufs.
Nous n'aurons plus besoin de déguiser la laine.
Sur le dos des agneaux on la verra briller
D'azur de pourpre et d'or, par vertu naturelle.
L'écarlate en naissant vêtira le bélier.

« Voilà l'œuvre à tramer. En route ! » dit, fidèle
Instrument du Destin, la Parque à son rouet.

Enfin l'heure a sonné, suprême, solennelle,
Tige du roi des rois, sang illustre, revêts
Ton jour splendide, et marche où ta valeur t'appelle.
Tout exulte, rempli de ce vaste Avenir :
La mer bondit de joie ; on sent trembler la nue
Formidable et la terre entière tressaillir,

Jusqu'en ses fondements, d'une ivresse inconnue.
O que je vive assez pour compter tes exploits,
Et qu'il me reste assez de souffle pour les dire :
Ni Linus, engendré par la Muse autrefois,
Ni cet Orphée, issu d'Apollon qui l'inspire,
N'atteindront, je le jure, aux accents de ma voix !
Pan même, s'il voulait lutter de mélodie,
Et prenait entre nous l'Arcadie à témoin,
Oui, Pan confesserait qu'il me quitte de loin
La palme, au jugement de toute l'Arcadie.

Et toi qui, dix longs mois, fus son pesant fardeau
Petit enfant, connais ta mère à son sourire ;
Celui qui n'a pas eu ce sourire au berceau,
Incapable à jamais de vaincre et de séduire,
Ne pourra, quel que soit son rêve ambitieux,
Ni sur la Beauté nue établir son empire,
Ni goûter l'ambroisie à la coupe des dieux.

V

DAPHNIS

MÉNALQUE

Puisque te voilà, Mopse, et que je te rencontre,
Jouons de nos talents ensemble à faire montre.
Ta flûte est applaudie ; on goûte assez mes vers,
Viens sous ces coudriers mélangés d'ormes verts.

MOPSUS

Je dois obéissance, ô Ménalque, à ton âge.
Choisis, pour la dispute, ou ce mobile ombrage,
Ou cette grotte fraîche. Une lambruche, au front,
La décore et le lierre en tapisse le fond.

MÉNALQUE

Seul Amyntas ici te défie à la flûte.

MOPSUS

Avec Phœbus lui-même il entrerait en lutte !

MÉNALQUE

Commence quelque chose et dis, comme il te plaît,
Une ode, une satire, un amoureux couplet.
Tityre veillera nos brebis dans la plaine.

MOPSUS

Hier, j'ai gravé des vers sur l'écorce d'un chêne ;
Je vais les dire, écoute, et quand j'aurai chanté
Tu verras ce que pèse Amyntas à côté.

MÉNALQUE

Tu l'emportes sur lui, de la même manière
Qu'un lys droit passe l'herbe attachée à la terre,
Ou comme un pin nerveux passe un saule effondré,
Mais c'est assez. Voici notre abri désiré.

MOPSUS

Quand Daphnis fut tranché dans la fleur de son âge,
Brusquement le soleil s'éclipsa d'un nuage.
Une stupeur saisit nos vallons consternés.
Sa mère, en vain, couvrait, de baisers forcenés,
Son corps rigide et froid, dépouillé de ses charmes.
Sous vos voiles de deuil vous ! nymphes, tout en larmes,
Vous l'écoutiez se plaindre et, de cris furieux,
Accuser la rigueur des astres et des dieux.
Dans les champs, se rouillait la charrue en détresse.
Chacun n'obéissait qu'à sa propre tristesse.
Le soin de son troupeau désertait le berger.
Le bétail oubliait de boire et de manger.
Même on dit qu'outre-mer, dans la jungle lointaine,

Chez les tigres, s'ouvrit une pitié soudaine.
C'est Daphnis qui, chez nous, mit ton culte en honneur
O Bacchus ! et c'est lui qui menait, d'un grand cœur,
La danse, autour du char attelé de panthères,
Et le branle du Thyrse entrenoué de lierres.
Comme la treille tire éclat de son raisin,
Comme un beau rosier pourpre est l'honneur du jardin,
Daphnis était l'orgueil des bergers de son âge ;
Avec lui, tous les dieux ont quitté le bocage,
Et Phœbus et Palès. A nos soins redoublés
La Terre ne rend plus qu'ivraie au lieu de blés.
L'ortie aiguë, au lieu d'œillets et de narcisse,
Se multiplie, hostile, et, partout, se hérisse.
Pasteurs ! d'un noir feuillage ombragez les ruisseaux,
Semez de fleurs la terre et, bruyants de sanglots
(Daphnis vous le commande), élevez à sa gloire
Une pierre où ces vers garderont sa mémoire :

Ci-repose Daphnis, au renom voyager,
Du plus joli troupeau le plus joli berger.

MÉNALQUE

Ma joie, exquis chanteur, passe celle, à t'entendre,
Du voyageur qui trouve un lit d'herbe où s'étendre,
Et qui, de tous les feux de l'été dévoré,
Rencontre une eau glacée où se désaltérer.
Oui, ta flûte et tes chants le font assez paraître,
Te voilà devenu le rival de ton maître ;
Mais laisse qu'après toi je célèbre aujourd'hui,
Puisque j'eus cet honneur que d'être aimé de lui,
Daphnis, nouvelle étoile à la voûte azurée ;
Saluons sa présence ensemble à l'empyrée.

MOPSUS

Ah ! tu préviens le vœu le plus cher de mon cœur.
Daphnis est notre amour. Dis cet hymne vainqueur
Dont Stimicon publie en tous lieux le mérite.

MÉNALQUE

Dès que Daphnis des cieux a franchi la limite,
Ébloui de lumière, il voit, d'en haut, le vent,

Les astres et la nue à ses pieds se mouvant.
Une sainte allégresse emporte les campagnes,
Et Pan et les pasteurs et les nymphes compagnes ;
Plus de loup ravisseur ni d'embûche aux forêts,
La biche est rassurée et l'agneau broute en paix.
Daphnis lève à sa droite une main fraternelle,
Et toute chose née en reçoit la nouvelle ;
Oui, de l'arbre à l'abri des coups du bûcheron,
De l'eau, qui court sans nulle entrave à l'environ,
Des fleurs qu'on voit éclore incessamment dans l'herbe,
Du monde épanoui, libre, éclatant, superbe,
Sort un cri de ferveur qui proclame en tout lieu,
« C'est un dieu que Daphnis ; oui, Daphnis est un dieu. »

O dieu, sois favorable à ton peuple en prière,
J'allume, prosterné, quatre autels faits de pierre,
Deux fument en l'honneur du grand maître Apollon ;
Les autres sont pour toi. Chaque année, en ton nom,
J'y répandrai du lait, de l'huile, des olives.
Un banquet, dans la joie, unira les convives,

Sous la treille l'été, l'hiver près des tisons ;
Égon, Damète et moi redirons nos chansons,
Tandis qu'Alphésibée, imitant les satyres,
Dansera dans le bruit des flûtes et des lyres.
Ainsi qu'on rend hommage aux déités des champs,
Ton cortège, escorté de musique et de chants,
Circulera, portant la victime exposée...
Oui, tant que la cigale aimera la rosée,
Le gibier la broussaille et l'abeille les fleurs,
Nos bergers maintiendront ton culte et tes honneurs,
Et Cérès, aux moissons, et Bacchus, aux vendanges,
Te laisseront ta part de nos justes louanges.

MOPSUS

Comment récompenser l'étrenne de ta voix !
C'est un ruisseau qui jase en courant sous les bois.
Elle imite la feuille où murmure la brise
Et la rive où la vague en cadence se brise.

9

MÉNALQUE

A toi ! reçois la flûte où j'ai chanté jadis
Corydon et « Damète, à qui sont ces brebis ? »

MOPSUS

Toi ! prends cette houlette ornée, en bois de frêne,
Tu sais comme ardemment la convoite Antigène !
A ses vœux suppliants mon cœur a résisté.
Prends ! le génie en droits surpasse la beauté.

VI

SILÈNE

Le premier, j'ai redit les chants de Syracuse
Et je n'ai pas rougi d'habiter les forêts ;
Phœbus me prit l'oreille un jour que je m'ouvrais
La trompette héroïque et me dit : « Tu t'abuses,
Présomptueux Tityre ; un honnête berger
Doit s'astreindre à la flûte et prendre un ton léger. »
Assez d'autres, Varus ! s'employant à ta gloire,
Dresseront ton trophée et rediront l'histoire

Des guerres dont le monde est sans cesse affligé ;
Moi ! je n'obéis plus qu'à l'Amour qui m'inspire,
Pourtant, si quelque ami des champs daigne me lire,
Il entendra ton nom sous les bocages verts ;
Tout le chuchote aux bois, de la sauge à l'érable,
Et c'est déjà me rendre Apollon favorable,
Varus ! que de t'inscrire en tête de mes vers.

Poursuivons, Muse ! Un jour, deux chevriers, Mnasyle
Et Chromis, à l'abri d'une roche tranquille,
Aperçurent Silène à l'écart endormi ;
Son lierre dénoué gisait autour de lui.
Comme à son habitude, auprès d'une bouteille
Renversée, il cuvait l'ivresse de la veille,
Bouffi, débraillé, rouge. Or les bergers frustrés,
Mus du secret dépit de ses chants différés,
Pour vous l'étreindre aux nœuds défaits de sa couronne,
Ont vite fait de s'emparer de sa personne.
Églé, surgie à point, Églé, l'orgueil des prés,
Rit à leur coup de main, les excite et, friponne,

Dès que le vieux s'éveille, avec un geste prompt,
D'un jus de mûre épais lui barbouille le front.
Il s'en amuse et dit : « *Garçons, qu'il vous suffise*
D'avoir à bonne fin mené votre entreprise.
Délivrez-moi. Je vais vous dire une chanson.
Pour Eglé, je lui garde un prix de ma façon. »

Il prélude (ô miracle) et toute la nature
Se met, émerveillée, à battre la mesure.
L'arbre agite sa cîme et l'on voit, dans les bois,
Bêtes et satyreaux sauteler à la fois.
Ainsi vibrait l'Ismare aux coups d'archet d'Orphée,
Ainsi, dans la Phocide, où l'eau de source est fée,
Exulte le Parnasse aux accents de son dieu.

Il chante le chaos brouillé, le noir silence,
L'immensité du vide où flotte la semence
Des éléments : de l'eau, de la terre, du feu
Scintillant et de l'air d'où tout va prendre lieu.
Il montre le noyau du monde à sa naissance

Grossissant à mesure. A sa voix, peu à peu,
Le sol durci d'avec les eaux se départage,
NÉRÉE est refoulée et, partout, à grands traits,
Se bâtit la diversité du paysage.
Enfin ! éblouissante aurore, tu parais !
Tout vibre et frémit d'aise et l'espace se dore.
La pluie erre en troupeau de nuages flottant ;
La forêt sort de terre et, sur les monts, encore
Inexplorés, le fauve apparaît, hésitant.
Silène continue et dit : Pyrrha féconde,
Les cailloux animés qui repeuplent le monde,
L'âge d'or, Prométhée en proie à son vautour,
L'aventure d'Hylas, et le rivage et l'onde
Criant « Hylas ! Hylas ! » aux échos d'alentour.
Puis c'est Pasiphaé qu'il plaint du fond de l'âme,
Innocente victime où l'enfer mit sa flamme.
Ah ! qu'il eût mieux valu, pour sa félicité,
Que votre engeance, ô bœufs, n'eût jamais existé !
C'est un taureau qu'étreint sa frénésie en songe.
Les Prétides, jadis, jouet d'un noir mensonge,

Se figuraient avoir des cornes sur le front,
Et, meuglant dans les airs comme les vaches font,
Traînaient le joug d'une charrue imaginaire,
Mais jamais leur folie en elles n'a pu faire
Accéder, même en rêve, un tel accouplement !

Princesse infortunée ! en ce même moment
Que tu cours, pleine au cœur de tumulte et d'orage,
Lui, dans sa robe blanche, au pied d'un orme épais,
Près d'un ruisseau fleuri, remâche l'herbe en paix,
Ou sur les pas d'une autre, indifférent, s'engage.

« Livrez-moi sa retraite, ô nymphes de ces lieux,
Fermez tous les chemins de la clairière ouverte
Que j'y lise sa trace inscrite en l'herbe verte !
Et vous, si ce monarque éclatant de vos bœufs,
Par amour ou par goût d'une provende fine,
S'achemine à votre ombre, étables de Gortyne,
Faites que l'infidèle apparaisse à mes yeux ! »

Le dieu chante, et la pomme éblouit Atalante.
Il enferme au fourreau d'une écorce luisante
Les sœurs de Phaéton et les fait s'allonger
Ensemble, dans l'air libre, en peuplier léger.
Il nous montre Gallus, conduit par son génie
Sur les bords du Permesse et les monts d'Aonie,
Introduit au séjour de Phœbus flamboyant ;
Toute la cour du dieu se lève en le voyant ;
Linus, couronné d'ache et de menthe sauvage,
Couvrant ses mots du miel dont il a le secret,
Lui dit : « *Prends ces pipeaux. C'est l'illustre héritage*
D'Hésiode. Les sœurs veulent t'en faire hommage.
C'est à leur son qu'aux bords d'Ascrée il attirait
Les arbres descendus de la haute forêt ;
Célèbres-y Grynée à la sainte origine
Pour que ta renommée, y plantant sa racine,
Au cœur de Phœbus même allume une fierté ! »

Il chante... Sais-je encor tout ce qu'il a chanté :
L'aboyante Scylla, dévorant l'équipage

D'Ulysse et fracassant tous ses vaisseaux de rage ;
Philomèle et son cœur de vierge épouvanté,
Le repas de Térée et sa métamorphose
En oiseau. Triste oiseau, comme tu revolais,
Opiniâtre, aux toits déserts de ton palais !

Tout ce que l'Eurotas, fleuri de laurier rose,
Apprit, aux jours premiers, des flûtes d'Apollon,
Silène harmonieux ! revit dans ta chanson.
La vallée en transmet l'écho jusqu'aux étoiles
Et c'est bien à regret que, ramenant les voiles,
Vesper s'allume et dicte aux bergers du hameau
L'ordre, pour le rentrer, d'assembler leur troupeau.

VII

MÉLIBÉE

Daphnis au pied d'un pin sonore était assis ;
Corydon et Tircis avaient mêlé, Tircis
Ses laitières brebis et Corydon ses chèvres.
Tous deux, fils d'Arcadie et de même agrément,
Tous deux d'âge pareil, un bruit de flûte aux lèvres,
Montraient à se répondre un même emportement.

Je cherchais le sultan de ma troupe embarbée,
Mon grand bouc, qui s'était fourvoyé, dans le temps
Que je couvrais du froid mes myrtes grelottants.
Je tombe sur Daphnis. Il me voit : « *Mélibée*
« *Accours, ton bouc est sauf. Ici tu vas le voir,*
« S'exclame-t-il, *devant que la nuit soit tombée,*
« *Tranquille, avec mes bœufs, descendre à l'abreuvoir.*
« *Profite du moment. Sieds-toi. L'azur rayonne.*
« *Le fleuve fait chanter sa rive de roseaux,*
« *Et le chêne sacré d'un nid d'abeilles sonne.* »
Que faire ? Ni d'Églé, ni d'Alcippe. Personne
Pour ôter de leur mère et sevrer mes agneaux,
Mille autres soins ailleurs réclamaient ma présence,
Mais quoi ! c'était grand'joute entre gens d'éloquence,
La pente était trop forte, alors je suis resté.
Déjà les deux rivaux, suivant la loi des Muses,
Pour la lutte alternée enflaient leurs cornemuses,
J'écoutai leurs refrains. Les voici rapportés
Exactement dans l'ordre où je les ai notés.

CORYDON

Codron chante, avoué d'Apollon. Vous, Charites,
Prêtez à mes accents le même air inspiré.
Si l'espoir m'est fermé d'atteindre à ses mérites,
J'abandonne ma flûte à ce pin consacré.

TIRCIS

Bergers, couvrez de fleurs ma flûte à sa naissance,
Afin que de dépit s'en éclate Codron ;
S'il me loue, écartez la maligne influence,
De sa langue, en nouant le baccar à mon front.

CORYDON

Diane ! prends ce bois de cerf et cette hure
De sanglier revèche et, si tu me soutiens,
On me verra de marbre exprimer ta figure,
Et de pourpre de Tyr orner tes brodequins.

TIRCIS

Du froment et du lait c'est assez pour ta peine,
Priape ! et pour un bien de si petit rapport,
Si tu veux avoir mieux qu'une image de chêne,
Rengrège mes troupeaux, du coup je te fais d'or.

CORYDON

Galatée, à mon goût, plus que miel agréable,
Passant le cygne en neige et l'yerre en abandon,
Lorsque tes bœufs auront réintégré l'étable,
Viens, si le cœur t'en dit, rejoindre Corydon.

TIRCIS

Que je te sois plus vil que l'algue dédaignée,
Plus amer qu'aloès, plus que houx épineux,
Si ce jour, sans te voir, ne m'est long d'une année.
Finirez-vous de paître enfin, goinfres de bœufs !

CORYDON

Ruisseaux moussus, gazons plus veloutés qu'un somme,
Feuillages survivants, défendez mes brebis
(La canicule vient) du chaud qui les assomme ;
Déjà la vigne gonfle en multiples rubis.

TIRCIS

Sous la poutre enfumée, assis au coin de l'âtre,
Je me soucie autant de la grêle, au dehors,
Qu'un loup peut faire, à jeun, des intérêts du pâtre,
Ou qu'un torrent grossi d'orage, de ses bords.

CORYDON

Ici, l'été triomphe, enrichi de verdure ;
Mille fruits jonchent l'herbe et tout vibre ébloui.
Que le bel Alexis s'absente d'aventure,
Tu verras tout s'éteindre et se glacer d'ennui.

TIRCIS

Ici tout meurt de soif. L'air est irrespirable.
Le coteau nu défaille écrasé de chaleur,
Phyllis n'a qu'à paraître, une averse agréable
Tombe et le paysage a repris sa fraîcheur.

CORYDON

Bacchus s'enorgueillit du pampre, l'on encense
La rose de Cypris, Phœbus veut le laurier,
Phyllis au coudrier donne la préférence ;
Fleurons des dieux, cédez la place au coudrier !

TIRCIS

Le frêne orne les bois, le sapin les montagnes,
Le myrte les jardins, le saule un lac dormant.
Dès qu'il y vient nos bois, nos jardins, nos campagnes
Tirent de Lycidas leur plus riche ornement.

Voilà tout ce que j'ai retenu de mémoire.
C'est en vain que Tircis s'escrimait au fredon,
Bien qu'habile il ne put décrocher la victoire,
Corydon depuis reste à mes yeux Corydon !

VIII

DAMON ET ALPHÉSIBÉE

Conte qu'Alphésibée, un jour, Muse, et Damon
Se disputaient le prix d'éloquence en chanson.
La vache en oubliait de paître, émerveillée,
Les lynces écoutaient et, parmi les roseaux,
L'extase suspendait la course des ruisseaux.
Muse! conte, comment, sur le mode amœbée,
Damon luttait de verve à vaincre Alphésibée :

Et toi ! (1) je ne peux pas chanter d'autre héros
Soit qu'au Timave abrupt ta nef cingle aguerrie,
Soit que ta foudre gronde aux versants d'Illyrie,
Toi ! dont le souffle anime et soutient mes travaux,
En attendant le jour promis par la victoire,
Où j'aurai liberté de publier ta gloire
Et d'annoncer au monde un Sophocle nouveau,
Patronne ce poème écrit pour satisfaire
Au seul commandement qu'il te plut de m'en faire,
Et permets que d'un geste, inspiré par le cœur,
Je mêle un brin de lierre à ton laurier vainqueur.

Le jour allait paraître. Une pâle lumière
Déjà désagrégeait le brouillard de la nuit
Humide, et l'herbe, aux prés humectés de rosée,
Délectait les troupeaux quand, l'épaule appuyée
Au tronc d'un olivier, Damon prélude ainsi.

(1) La plupart des commentateurs estiment qu'il s'agit ici de Pollion. Je
n'ai pas cru devoir le nommer plus que ne l'a fait Virgile lui-même, dans
son poème.

« Étoile du matin ! brillante avant-courrière,
Entends ma plainte et laisse, à mes derniers moments,
Que j'appelle des dieux l'équitable colère
Sur Nise parjurée et traîtresse en serments !
O ma flûte, empruntons les accents du Ménale !

Toujours sonne au Ménale un chant levé des eaux.
De l'aveu des bergers toujours l'ombre y soupire,
Et toujours le dieu Pan y maintient son empire
Lui qui sut, le premier, donner l'âme aux roseaux.
O ma flûte, empruntons les accents du Ménale !

Nise épouse Mopsus ! Est-il miracle, amants,
Après cette nouvelle, où vous ne puissiez croire ?
Les chiens de compagnie et la biche iront boire,
Les griffons désormais sailliront les juments.
La mariée avance, en pompe, sous son voile,
Dans la rue aux enfants abandonne tes noix,
Mopse. Pour toi Vénus allume son étoile ;
Enduis les flambeaux neufs de résine et de poix.
O ma flûte, empruntons les accents du Ménale !

Voilà le digne époux que ton cœur a choisi !
Lui seul compte à tes yeux, Nise, et mon noir sourcil
Et ma barbe en broussaille excitent ta risée,
Tu repousses les dons que je t'offre en pleurant ;
Mais crois-tu que le ciel, où ma flûte est prisée,
A tant de perfidie assiste indifférent ?

O ma flûte, empruntons les accents du Ménale !

Je n'avais pas douze ans quand dans notre jardin,
Suivant ta mère, un jour, tu m'apparus soudain ;
Je me fis votre guide et, dressé sur les hanches,
D'en bas, je vous pliais les plus souples des branches,
Où perlait la rosée humide du matin,
Tu cueillais, en riant, les fruits de tes mains blanches ;
Je t'ai vue et je fus saisi d'un long frisson,
Je t'ai vue et du coup j'en perdis la raison.

O ma flûte, empruntons les accents du Ménale !

Je sais trop, aujourd'hui, ce que c'est que l'Amour,
Son cœur n'a rien du nôtre. Il est d'une autre race.

C'est aux déserts de flamme ou dans les mers de glace,
D'une ourse ou d'un chacal qu'il a dû naître un jour.

O ma flûte, empruntons les accents du Ménale !

Si Médée égorgea les fils nés de son sein,
Qui fut le plus coupable, Amour, tête exécrée,
D'elle, pour t'obéir, assez dénaturée
Ou de toi, dont la rage a dirigé sa main ?

O ma flûte, empruntons les accents du Ménale !

Dites-moi que l'agneau met en fuite les loups,
Qu'aux sapins des glaciers mûrit le citron jaune,
Que le narcisse pousse au feuillage de l'aune,
J'y croirai. Soit ! l'encens se distille du houx,
Le chant du cygne cède au cri de la chouette ;
Tityre, c'est Orphée, armé de sa musette,
Fou ! que dis-je ? il surpasse, au bruit de ses concerts,
Orphée au fond des bois, Arion sur les mers.

O ma flûte, empruntons les accents du Ménale !

Que tout rentre au déluge ! Adieu, forêts ! du haut
De ce rocher dressé que la mer environne,
Je m'élance. Ma vie, enfin, je te la donne,
Nise ! Réjouis-toi de ce dernier cadeau.

Renonçons, ô ma flûte, aux accents du Ménale ! »

Ainsi chanta Damon. Muses ! qu'il soit conté
Comment Alphésibée, épris d'ardeur rivale
(A chacun sa mesure), ensuite a riposté.

« Prends la coupe sacrée. Apporte l'eau lustrale,
Amaryllis ! et ceins l'autel d'un linge blanc.
Brûle de la verveine avec de l'encens mâle.
Je veux me ressaisir du cœur de mon amant.
Je ne sais quel caprice à la ville l'attire.
Tout est prêt. Je n'ai plus que la formule à dire.

Charmes ! ramenez-moi de la ville Daphnis !

Des mots forcent la lune à descendre sur terre.
On conte que Circé jadis aux matelots

D'Ulysse ôta leur forme humaine avec des mots
Et des mots font en deux se casser la vipère.

Charmes ! ramenez-moi de la ville Daphnis !

De trois fils de couleur j'ai cousu son image.
Trois fois, je la promène autour de cet autel,
Puisqu'il est avéré qu'à Jupiter, au ciel,
Le nombre impair agrée et sourit davantage.

Charmes ! ramenez-moi de la ville Daphnis !

Chante, en nouant trois fois la corde trois fois teinte,
Pour que le sortilège agisse, Amaryllis :
— « Voici ta chaîne, Amour ! resserres-en l'étreinte ! »

Charmes ! ramenez-moi de la ville Daphnis !

Comme au feu se durcit l'argile et fond la cire,
Que le cœur de Daphnis, soumis à mon empire,
Inaccessible à tous, mollisse à mon endroit !

Jette ces lauriers secs au brasier de bitume,
Qu'il brûle en effigie à l'image de moi,
Et qu'il soit consumé du feu qui me consume.

Charmes ! ramenez-moi de la ville Daphnis !

Quand la génisse en proie, Amour, à ta furie,
Lasse d'avoir partout cherché le mâle absent,
S'écroule, au bord de l'eau, dans la verte prairie,
Rien n'éteint l'incendie allumé dans son sang ;
Elle oublie au tourment atroce qu'elle endure,
La nuit, la faim, l'étable et pleure éperdument.
Qu'ainsi Daphnis supplie, en proie à son tourment,
Qu'il pleure et que mon rire insulte à sa torture !

Charmes ! ramenez-moi de la ville Daphnis !

Vous, qui gardez un peu de son âme légère,
Souvenirs chers ! objets qui me venez de lui,
Gages qu'il a touchés, je vous fie à la terre ;
Armez de votre attrait puissant mon seuil de pierre,
Contraignez au retour le traître qui m'a fui.

Charmes ! ramenez-moi de la ville Daphnis !

Je tiens du vieux Méris un jus d'herbes magiques ;
Cette herbe vient du Pont, pays riche en toxiques,
Méris en use en maître. On lui sait le pouvoir
De se changer en loup-garou quand vient le soir,
De déterrer les blés qu'il transporte et de faire,
A minuit, se dresser les morts dans leur suaire.

Charmes ! ramenez-moi de la ville Daphnis !

Puisque de mes tourments l'ingrat ne s'inquiète !
Ramasse, Amaryllis, pour le suprême assaut,
La cendre et jette-la, sans détourner la tête,
Par-dessus ton épaule, au courant du ruisseau.
Qu'il sente le pouvoir enfin du maléfice.

Charmes ! ramenez-moi de la ville Daphnis !

Arrête !... O signe heureux ! le feu, d'un bond suprême,
Remonte de la cendre. Ah ! je n'ose espérer,
Tant je sais que l'Amour est prompt à se leurrer,
Mais non, la chienne aboie. On ouvre. C'est lui-même.

Daphnis est de retour. O charmes, expirez !

IX

MÉRIS

LYCIDAS

Vas-tu jusqu'à la ville où conduit ce chemin ?

MÉRIS

Qui l'eût dit, Lycidas ? Tout croule. C'est la fin.
Hélas ! et je n'aurai vécu jusqu'à cet âge
Que pour nous voir frustrés de notre humble héritage.

Un autre a dit : « Arrière ! ils sont à moi ces champs ! »
Un autre, à le servir, en vaincus, nous oblige.
Je lui porte à regret ces chevreaux qu'il exige.
Puissé-je lui porter la peste en même temps !

LYCIDAS

Le bruit courait pourtant que ce bien qui domine
Le fleuve et qui descend mollement la colline
Jusqu'à ce hêtre au front cassé par les hivers,
Demeurait à Ménalque à cause de ses vers.

MÉRIS

On l'a dit mais quand Mars déroule ses vacarmes,
De nous et de nos chants qui peut se soucier ?
Quel crédit ont nos vers sur le cœur des gens d'armes ?
Le ramier n'a qu'à fuir quand paraît l'épervier.
Apprends qu'hier, outré d'un excès d'insolence,
Si, croassant à gauche et trois fois, dans la nuit,
Un corbeau ne m'avait conseillé la prudence,
Ton Méris était mort et Ménalque avec lui.

LYCIDAS

Un homme aurait osé commettre un pareil crime !
Quoi ! nous ravir Ménalque et cette voix sublime
Qui nous met l'âme en fête et soulage nos maux !
Quel autre, célébrant la nymphe bocagère,
Entretiendrait la joie et l'amour sur la terre,
Émaillerait de fleurs la route et les ruisseaux ?
O ces vers dérobés qu'en secret j'ai pu lire,
Le jour qu'Amaryllis te donna rendez-vous :
« *Jusqu'à mon prompt retour, pais les chèvres, Tityre.*
Tityre, fais-les boire, et veille et gare aux coups !
Le vieux bouc est agile à jouer de la corne ! »

MÉRIS

Et ce fragment inachevé de la chanson :
« *Pour son malheur Mantoue est trop près de Crémone,*
« *Varus ! fais qu'elle échappe aux fureurs de Bellone,*
« *Nos lyres jusqu'au ciel exalteront ton nom.*

LYCIDAS

Je t'écoute. Poursuis. Qu'en retour l'if de Corse,
Pour gâter tes essaims, jamais ne les amorce.
Qu'à foison le cytise avec le serpolet,
Nourrissant ton étable, enfle tes pis de lait.
Des vers ! dis-moi des vers ! Je suis aussi poète.
On m'applaudit aux champs. Je n'en perds pas la tête
Et jamais ma folie outrecuidante n'a
Défié ni Varus l'illustre ni Cinna.
Mon vers gauche ressemble à leur musique insigne
Comme un gloussement d'oie imite un chant de cygne.

MÉRIS

Je cherche à me remettre en mémoire un couplet
Qui n'est pas sans mérite et dont le tour me plaît :

« Viens ! quel plaisir au sein de la mer irritée
Te tient, recluse encore, ô blanche Galatée ?
Ici le printemps brille et l'eau rit sous les fleurs.
Un tremble argenté pend sur ma grotte abritée.

Une treille, à l'entrée, entretient la fraîcheur.
Viens et laisse écumer la vague en rages folles ! »

LYCIDAS

Et ce que tu chantais par cette nuit d'été,
En plein silence, seul ? J'ai perdu les paroles
Mais leur ravissement dans mon âme est resté.

MÉRIS

« Toi qui, pour lire au ciel, en soulèves les voiles,
Daphnis, laisse dormir tout ce passé d'étoiles,
Mais contemple et salue avec un grand frisson
L'astre du dieu nouveau qui monte à l'horizon.
C'est l'astre de César, issu de Dionée ;
Son heureuse influence enrichit la moisson
Et mûrit aux versants la belle grappe née.
Insère tes poiriers ! que d'année en année
Leurs fruits passent en foule à tes derniers neveux »...
Mais je perds la mémoire et l'âge éteint mes feux.

J'ai vu le temps où ma jeunesse infatigable
Consumait en refrains tous les instants du jour.
L'œil du loup m'a glacé. Je n'en suis plus capable,
Tu t'instruiras des chants du maître à son retour.

LYCIDAS

Pourquoi tous ces délais ? Je bous d'impatience.
Le vent tombe. La mer, pour t'ouïr, fait silence.
La tour de Bianor, qui se profile au loin,
Dit que nous avons fait la moitié du chemin.
Ici, les bûcherons élaguent le bois sombre.
Dépose tes chevreaux ; nous chanterons à l'ombre.
Ou si tu crains le proche orage avant la nuit,
Continuons la route en chantant. Ça l'abrège.
Laisse de ton fardeau qu'un moment je t'allège.

MÉRIS

Assez ! petit. Pressons la besogne aujourd'hui,
Le cœur nous manquerait si nous chantions sans lui !

X

GALLUS

En faveur de Gallus, noble et sainte Aréthuse,
Concédez à ces vers, les derniers que j'écris,
Des accents dont l'écho parvienne à Lycoris ;
Il m'en prie ; est-il rien que ma voix lui refuse ?
Qu'en retour votre flot puisse, à travers la mer,
Voyager, sans s'y fondre et devenir amer.

Venez ! et cependant que ma troupe camuse
Broute la jeune pousse et le frais bourgeon vert,
Plaignons Gallus en proie à sa triste folie.
Rien n'est sourd à nos chants. L'écho les multiplie.

« Naïades ! quel repli vous dérobait un jour ?
Dans quel bois, dans quel antre élisiez-vous retraite,
Quand Gallus gémissait sous les coups de l'Amour ?
Ni le Pinde ni le Parnasse à double crête,
Ni l'onde Aganippide où la fleur du laurier
Pleurait, ne vous tenaient témoins de sa disgrâce ;
Les noirs pins du Ménale, attendris de pitié,
Pleuraient et même on dit que le vieux cœur de glace
Du Lycée insensible, à le voir, sur la place,
Étendu sans défense (ô miracle !) a pleuré.
Les brebis l'assistaient — tant se reflète aux bêtes
L'humeur de leur berger — d'un long cercle éploré,
Excusez cette image, ô vénéré Poète,
Puisqu'il est établi qu'au bord riant des eaux,
Adonis, quoique prince, a porté la houlette
Et se donnait souci de garder les troupeaux.

D'abord un pâtre vient, puis la file s'approche
Des porchers alourdis du poids de leur galoche.
Ménalque, tout mouillé, qui justement rentrait
De la glandée, apporte un frisson de forêt.
Chacun d'un coup si dur s'inquiète et s'étonne.
On s'écarte. Apollon se présente en personne :
— « *Oublie une infidèle, ô Gallus, rentre en paix,*
Laisse-la suivre un casque à l'insolent prestige
Sur les routes de neige et dans l'effroi des camps ! »
Silvain paraît ensuite, orné de fleurs des champs.
Il agite en marchant une herbe à longue tige,
Puis c'est Pan (je l'ai vu) sa double corne au front,
Tout barbouillé de lie et de jus vermillon :
— « *Ne peux-tu mettre un terme au sanglot qui t'afflige ?* »
Dit-il, « *l'Amour s'en moque. Il se nourrit de pleurs*
Comme l'herbe de pluie et l'abeille de fleurs. »
— Mais lui, triste : « *O bergers, experts en mélodie,*
N'interrompez pour moi le bruit de vos concerts.
Que mes os dormiraient mollement si vos airs
Perpétuaient ma flamme aux vallons d'Arcadie !

Que ne suis-je né pâtre ou simple vigneron,

J'aurais aimé Phyllis (elle a bien son mérite)

Ou peut-être Amyntas (le hâle est sur son front

Mais c'est un cœur sensible et loyal qui l'habite).

La violette est noire à la considérer,

Mais que son âme fine est douce à respirer !

Je me vois, par un bel après-midi d'automne,

Sous la treille, allongé, parmi les saules verts ;

Phyllis de fleurs d'élite ornerait ma couronne

Cependant qu'Amyntas me chanterait des vers.

Ici, coule une eau pure à travers la prairie.

Un bois s'ouvre profond, riche en secrets détours,

Qu'avec joie, avec toi, dans sa verte féerie,

J'y voudrais, Lycoris ! vivre et finir mes jours !

Mais quel égarement, sans en être alarmée,

T'arrête aux camps brouillés d'hommes et de chevaux,

Dans le cri des blessés, parmi les javelots,

Et sous les traits croisés de l'une et l'autre armée ?

Loin de Rome (ô pensée atroce qui m'étreint)

Loin de moi, tu t'en vas, seule, frêle, exposée

Aux vents glacés de l'Alpe, aux froids brouillards du Rhin.
Ah ! que la bise aiguë épargne sa blessure
A ton teint diaphane, à tes traits délicats !
Que les cailloux du gel ne blessent ta chaussure,
Que leur tranchant s'émousse, amolli, sous tes pas.
— Pour éventer ma peine, âpre, appliqué, fébrile,
Avec les bêtes, seul, enfermé dans les bois,
Je tâcherai d'apprendre aux flûtes de Sicile
Les refrains dont Chalcis se fit gloire autrefois.
Sans qu'elle en sache rien, j'inscrirai sur l'écorce
Notre chiffre enlacé, marque de nos amours,
A son insu ma flamme en prendra plus de force,
Et, comme fait la tige, en croîtra tous les jours.
Ou bien j'irai me joindre aux filles du Ménale ;
Peut-être qu'à traquer d'abois le sanglier
Rugueux, qu'à dépister la biche matinale,
Je pourrai m'étourdir assez pour oublier.
Quelque orage de grêle ou de vent qui s'apprête,
Je galope à travers le bois retentissant,
Je manie en vrai Parthe une rude arbalète,

Cydon m'en a forgé les traits d'acier puissant.
Je vise... Ah ! pauvre fou ! Comme si ces vacarmes
Pouvaient guérir la plaie, et comme si nos larmes
Rencontraient chez Éros un dieu compatissant !...
Tout m'excède. Impuissants roseaux, cessez de bruire ;
Tais-toi, flûte inutile, adieu, vaines forêts,
Tous les plaisirs du monde ont perdu leur sourire,
Je ne puis me soustraire à mon mal désormais.
Non ! quand j'irais de l'Hèbre affronter la rudesse,
Ou plonger dans la Thrace, aux frimas pluvieux,
Non ! quand je mènerais le bétail paître, aux lieux
Brûlés d'Afrique, où tout se fend de sécheresse,...
Partout l'Amour commande. Il lui faut obéir,
Cédons-lui donc, mon âme, et cédons sans rougir !

Tandis que j'achevais de tresser ma corbeille,
Muses ! voilà le chant que vous m'avez dicté.
Faites qu'il puisse plaire, en sa rusticité,
A Gallus, et que rien n'offense son oreille.
L'ardeur que je lui voue est comparable au plant

Qui, d'âge en âge accru, se fait plus résistant.
Mais déjà l'air plus vif s'élève avec la brume,
Troupeau ! c'est assez paître. Évitons la fraîcheur
Aussi nuisible aux fruits qu'à la voix du chanteur.
L'ombre vient. Délogeons. Vesper, au ciel, s'allume.

LA COPA

LA COPA

La petite danseuse, au casque de saphirs,
Mène au bruit des tambours sa danse provocante,
Et ses flancs secoués allument les désirs
De la salle enfumée où l'ivresse fermente.

A quoi bon s'épuiser sur la route aveuglante
Quand, ici, l'herbe molle et drue offre aux buveurs,
A l'abri du platane, un vert tapis de fleurs ?

Il est, il est ici, pour soulager nos peines,
Une fraîche tonnelle aux arceaux frissonnants,
Des jeux, des gobelets, des cistres résonnants,
Des pailles, des sirops glacés, des outres pleines.
Écoute. Un pipeau chante et nous retrace encor,
Là-bas, un souvenir heureux de l'âge d'or,
Tandis qu'à son exemple, à l'ombre, intarissable,
Un filet d'eau s'enroue à chanter sur le sable.

Voici, pour composer des guirlandes, voici
L'églantine pourprée et le jaune souci,
La violette pâle et, parfilés de soie,
Ces lys nés d'une eau vierge, au pays du matin,
Que le fleuve Achélois, par jonques, nous envoie.
Et voici, pour t'induire au régal du festin,
La châtaigne vernie et la mûre sauvage.
Sur l'éclisse se caille un onctueux laitage.
L'Automne amoncelé mêle aux paniers de jonc
La prune mordorée et la pomme au visage
De topaze, allumé d'un reflet vermillon.

La grappe pend au cep en vrille et le melon,
De sa tige charnue et torse et courte, ploie
Tout brodé d'émeraude et d'or jaune à ses flancs.

Ici, Cérès abonde en gâteaux succulents,
Ici, Bacchus circule et pétille et flamboie.
Éros est là, Priape est là, gardien du lieu,
Qui brandit dans l'espace, un tel monstre d'épieu,
Qu'il fait détaler preste (ô déroute émouvante !)
Le voleur, à sa vue, envahi d'épouvante...

« Descends, Alibida, de ton âne en sueur.
Ton poids ventru l'écrase ; abrège son supplice.
L'âne est à ménager. C'est un saint plein d'honneur
Et que chez ces messieurs, l'on chôme avec délice ».

Tout brûle. Dans les champs pleins de coquelicots
La cigale stridente assourdit les échos,
Le lézard dort au frais de sa verte logette.
O voyageur poudreux, accours ; ta place est prête.

Le vrai sage, ici-bas, comme dit la chanson,
N'a jamais refusé sa coupe à l'échanson.
Délasse ta fatigue à l'ombre de la treille ;
Lampe-moi du nectar le flot réfrigérant.
Glycère te sourit, à la rose pareille.
Cueille sa bouche en fleur et laisse indifférent
Se froncer le sourcil du philosophe austère.
L'azur luit. Pour en mieux goûter l'enivrement
Attendrons-nous d'avoir perdu le sentiment ?
Le seul destin des fleurs est-il d'orner la pierre
Où nous irons bientôt dormir au cimetière ?
Qu'on apporte les dés ! Fou qui pense à demain !
Dépêchons-nous de vivre, enfants, la vie est brève.
C'est l'avertissement que nous donne, sans trêve,
La Mort, de qui le pas s'entend sur le chemin.

NOTE DE L'ÉDITEUR

Avant de livrer à l'impression, sa traduction des Bucoliques, l'auteur avait cru devoir la soumettre au jugement de quelques personnalités qu'il avait en particulière estime, soit pour leur science du rythme, soit pour leur culte de Virgile et leur familiarité des textes latins. Une correspondance profitable s'ensuivit. De tant de lettres reçues qu'il nous a été donné de parcourir, trois surtout, à cause de la qualité des signataires, nous ont paru dignes d'être reproduites.

Paris, juin 1918.

Mon cher Poète,

J'ai beaucoup aimé votre traduction des *Bucoliques* et c'est précisément cet archaïsme qui lui donne son originalité. Je me suis amusé à comparer vos vers au texte latin et je m'émerveille de l'adresse de vos transpositions. Vos poèmes éclatent de beautés douces et d'harmonie et j'y retrouve la belle ampleur oratoire du modèle. J'ai goûté particulièrement le *Daphnis*, l'*Ode à Pollion* et le *Silène*, encore que j'en eusse voulu le dernier vers en flot plus étale, sans rejet (1), mais votre *Mélibée* m'a conquis à ce point que je m'en récite les vers par cœur.... Hâtez-vous de publier tout cela. Ce sera un beau livre que je tiens à avoir et pour lequel je réserve, dans ma bibliothèque, un coin privilégié à côté de votre admirable *Baudelaire* que je ne me lasse pas de relire.

Mille félicitations et sympathies cordiales,

Edmond ROSTAND.

Avril 1918.

MON CHER RAYNAUD,

J'ai lu votre traduction des *Eglogues* de Virgile. Vous avez fait une œuvre curieuse et singulièrement délicate. Je ne sais si beaucoup de lecteurs sont capables de comprendre ce que vous avez voulu. Vous êtes sans doute des traducteurs, le premier qui ait tenté de faire sentir le mélange de sincérité et de raffinement qui caractérise ces Bucoliques. Il me semble que vous avez réussi, autant qu'il est possible, à donner l'impression de cet art subtil qui ne se soutient que par un merveilleux équilibre d'un sentiment vrai, d'un réel amour de la nature et d'une forme éprouvée et savante. André Chénier peut aider à l'intelligence de votre poème car il a eu pour maîtres Virgile et les maîtres de Virgile.

Bien cordialement à vous,

Gabriel SÉAILLES.

---

(1) A remarquer que le traducteur n'a fait ici que suivre l'indication du Maître :
Jussit, et invito processit Vesper Olympo.

Décembre 1918.

AMI AIMÉ,

..... Je ne puis encore me séparer de votre manuscrit des *Bucoliques*. Ne me privez pas de grâce, si tôt, de ce régal. C'est une consolation à mes souffrances, dans la brume hivernale où je m'éteins, que ces beaux vers où vous avez su fondre, sans jamais trahir Virgile, la sensibilité présente et les grâces mélancoliques du passé. Je m'y réchauffe comme à un rayon de soleil généreux et vivifiant.

A vous, de tout cœur,

Laurent TAILHADE (1).

Et il ne nous a pas paru non plus inutile de reproduire, pour terminer, ce fragment d'une lettre de l'auteur, lui-même, en réponse aux objections d'un correspondant :

— Vous me reprochez d'avoir usé, dans ma version des *Bucoliques*, du mot « almanach » et d'avoir traduit *Vir gregis* par *Sultan du troupeau*. J'avoue que ce sont des anachronismes, mais j'ai, pour me couvrir, l'autorité de Virgile, qui n'en est pas exempt, et de tant de devanciers illustres. Nos vieux poètes ne répugnaient pas plus à ces libertés que les peintres ne se sont fait, longtemps, scrupule de déguiser les héros de l'ancien testament en chevaliers et en seigneurs de leur époque. Vous verrez, au

(1) Dans son dernier livre *Quelques fantômes de jadis* dont il corrigeait les épreuves sur son lit de mort, Laurent Tailhade parle de « Raynaud, traducteur de Virgile, qui, dans ses vers, transposa la sereine mélancolie et les cadences harmonieuses du poète de Mantoue ».

Louvre, plus d'une scène biblique transposée sous nos climats et plus d'un personnage de l'Ecriture affublé du pourpoint florentin. Il a fallu l'avénement du XIXe siècle et de ses prétentions critiques pour nous donner le préjugé de la vérité historique et de la couleur locale. Virgile s'en accommode si peu qu'il brouille la flore et la faune de ses paysages et qu'il donne tout à coup, d'un simple trait de plume, aux bords du Mincio le profil de Syracuse. Virgile est si peu épris de réalisme qu'il nous montre, dans sa deuxième bucolique, à la fois, des moissonneurs au travail et des bœufs rentrant du labour. Il use magnifiquement de ce privilège du poète qui consiste, comme dit Mallarmé, à « tricher » avec l'Espace et avec le Temps. Au surplus, on se rend compte que la vérité historique ne saurait être, le plus souvent, qu'une convention et il ne serait pas difficile de trouver, même chez ceux qui se piquent le plus de reconstitution fidèle, des traces d'anachronismes. Rappelez-vous le vers de Hugo dans *Ruy Blas* :

Du spectacle d'hier affiche déchirée.

Le tort serait d'y céder par ignorance ou par étourderie. Il est légitime d'y céder par système. Je persiste d'autant plus dans l'emploi des deux vocables incriminés qu'ils me servent à préciser mieux la pensée du poète à laquelle ils s'adaptent parfaitement.

TABLE DES MATIÈRES

	Pages
PRÉFACE DE FRÉDÉRIC PLESSIS.	9
A ERNEST RAYNAUD.	13
L'AMOUR DÉROBÉ.	15
POURQUOI J'AI TRADUIT VIRGILE.	17
1re Bucolique	31
2e Bucolique	38
3e Bucolique	43
4e Bucolique	54
5e Bucolique	59
6e Bucolique	67
7e Bucolique	74
8e Bucolique	81
9e Bucolique	90
10e Bucolique	96
LA COPA.	105
NOTE DE L'ÉDITEUR.	109

ABBEVILLE. — IMPRIMERIE F. PAILLART. — 5 20.

9 782329 030005